P9-BIR-203

Para Raveen y Seven, los dos que yo mas aprecio.
— L.R.

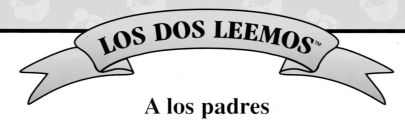

LOS DOS LEEMOS™

A los padres

Los dos leemos es la primera serie de libros diseñada para invitar a padres e hijos a compartir la lectura de un cuento, por turnos y en voz alta. Esta "lectura compartida"—una innovación que se ha desarrollado en conjunto con especialistas en primeras lecturas— invita a los padres a leer los textos más complejos en las páginas a la izquierda. Luego, les toca a los niños leer las páginas a la derecha, que contienen textos más sencillos, escritos específicamente para primeros lectores.

Leer en voz alta es una de las actividades que los padres pueden compartir con sus hijos para ayudarlos a desarrollar la lectura. Sin embargo, *Los dos leemos* no es sólo leerle *a* su niño; sino, leer *con* su niño. *Los dos leemos* es más poderoso y efectivo porque combina dos elementos claves de la enseñanza: "demostración" (el padre lee) y "aplicación" (el niño lee). El resultado no es solamente que el niño aprende a leer más rápido, ¡sino que ambos disfrutan y se enriquecen con esta experiencia!

La mayoría de las palabras que aparecen en las páginas del niño le resultarán conocidas. Otras pueden ser fácilmente identificadas por sus sílabas abiertas. Si hay una palabra con cierto grado de dificultad, ésta aparecerá primero en el texto que lee el adulto (**en negritas**). Señalar estas palabras mientras lee, ayudará a que el niño se familiarice con éstas. Sería más útil si usted lee el libro completo y en voz alta la primera vez, y luego invite a su niño a participar en una segunda lectura. Note además que el ícono "lee el padre" ✿ precede al texto del adulto, mientras que el ícono "lee el niño" ✿ precede al texto del niño.

Los dos leemos es una manera divertida y fácil de animar y ayudar a su niño a leer, y una maravillosa manera de que su niño disfrute de la lectura para siempre.

Los dos leemos: El mejor truco de Zorro

———————————————————

Publicado por
Treasure Bay, Inc.
P.O. Box 119
Novato, CA 94948 USA

Impreso en Singapur
Printed in Singapore

Library of Congress Control Number: 2006901320

Cubierta dura (Hardcover)   ISBN-10: 1-891327-87-9
Cubierta dura (Hardcover)   ISBN-13: 978-1-891327-87-2
Cubierta blanda (Paperback)   ISBN-10: 1-891327-88-7
Cubierta blanda (Paperback)   ISBN-13: 978-1-891327-88-9

Los Dos Leemos™
We Both Read® Books
USA Patente No. 5,957,693

Visítenos en:
www.webothread.com

PR 07/10

LOS DOS LEEMOS™

El mejor truco de Zorro

por Dev Ross
adaptado al español por Diego Mansilla
ilustrado por Larry Reinhart

TREASURE BAY

Una mañana de sol, Zorro salió a buscar su desayuno. Entonces vio a Oso. Oso comía las bayas que había recolectado de un arbusto que crecía muy alto sobre el río.

A Zorro también le gustaban las bayas, pero era demasiado vago para conseguirlas por sí mismo. Así que dijo:

—Hola, Oso. ¡Dame tu comida!

Oso le dijo que no. No quería darle sus bayas a Zorro.

Entonces Zorro señaló al río y dijo: —No importa, Oso. Comeré aquellas deliciosas bayas que están allí.

Y claro, nosotros sabemos que esas bayas eran tan solo un reflejo en el agua, pero Oso no lo sabía. ¡Así que saltó al río para buscarlas!

¡La comida no estaba
en el río!

Todo mojado y con frío, Oso regresó a la orilla. Allí vio que Zorro se había comido todas sus bayas.

Zorro era muy astuto. Había engañado a Oso.

¡Oso estaba mojado y enojado!

Zorro aún tenía hambre. Entonces fue a buscar más comida. Pronto encontró a **Ardilla**, que estaba muy ocupada juntando bellotas.

Zorro quería comer bellotas también. Pero como era demasiado vago para juntar sus propias bellotas, dijo:

—Hola, **Ardilla**. Dame cada bellota.

Ardilla le dijo que no. No quería darle a Zorro sus bellotas.

Entonces Zorro señaló a una montaña y dijo: —No importa, Ardilla. Comeré aquella bellota **grande**.

Y claro, *nosotros* sabemos que era una montaña con forma de bellota. Pero Ardilla no lo sabía. Entonces Ardilla corrió hacia la gran bellota imaginaria, abandonando las bellotas verdaderas.

¡La bellota **grande** no estaba!

¡Qué **triste**! Al regresar, Ardilla vio que Zorro se había comido todas las bellotas. Ardilla había trabajado mucho para conseguir esas bellotas. No le gustó para nada que Zorro hubiese tomado lo que no le pertenecía.

¡Ardilla estaba **triste** y enojada!

⟨∞⟩ Zorro todavía tenía hambre. Salió a buscar más comida. Pronto encontró a Águila en su nido lleno de **huevos**.

A Zorro le gustaban los huevos, y dijo:

—Hola, Águila. Dame un **huevo** de tu nido.

Águila le dijo que no. No quería darle a Zorro sus huevos.

Entonces Zorro señaló a un gusano muy grande que se arrastraba por allí, y dijo: —No importa, Águila. Comeré ese gusano grande y jugoso.

Y claro, nosotros sabemos que Zorro no quería comer el gusano. Zorro quería comer los huevos. Pero, ¿sabes? ¡Águila también lo sabía!

Águila le dijo a Zorro:

—¡Zorro, come el gusano!
¡Cómetelo todo!

Zorro se dio cuenta que Águila no era tan fácil de engañar como Oso y Ardilla. Tenía que esforzarse más.

Entonces hizo como que comía el gusano, y dijo:

—¡Este gusano está rico!

Águila tenía muy buena vista. Vio que Zorro escondía el gusano debajo de un arbusto. Entonces dijo: —¡Mira, Zorro! Puedes comer también ese otro gusano grande que está debajo del arbusto.

Pero Zorro no quería aparentar que iba a comerse otro gusano. ¡Quería comer huevos! Entonces corrió hacia el árbol de Águila y lo sacudió tan violentamente que el nido se dio vuelta por completo.

¡El nido se vino abajo!

Zorro abrió su bocaza para atrapar los huevos. Pero ningún **huevo** cayó en su boca. Oso y Ardilla los atraparon y los pusieron en el nido de Águila. Y luego lo regañaron:

—¡Ni un solo **huevo** era tuyo!
¡Ni una sola baya era tuya!
¡Ni una sola bellota era tuya!

Zorro sabía que tenían razón. Sabía lo que tenía que hacer. Tenía que pedirles **perdón**.

Pero Zorro no pidió perdón.
¡Zorro corrió y se fue!

Oso y Ardilla se lamentaron. Zorro nunca aprendería la lección. No había nada que ellos pudieran hacer.

Pero Águila sí podía hacer algo. ¡Voló hasta alcanzar a Zorro y se abalanzó sobre él!

 ¡Zorro subió en el aire!

Águila subió a Zorro muy alto. Lo llevó sobre montañas cubiertas de nieve, sobre glaciares congelados y finalmente lo llevó mar adentro. Lo dejó en una pequeña isla y se fue volando.

Águila no iba a dejarlo mucho tiempo, sólo lo suficiente para que aprendiera la lección y estuviera **arrepentido**. Pero Zorro no sabía eso.

Zorro estaba triste y **arrepentido**.

Zorro sabía que debía haber pedido perdón a Oso, Ardilla y Águila. Sabía que no debía haber tomado lo que no le pertenecía, pero ahora era demasiado tarde.

Zorro estaba tan triste que empezó a cantar: *qué pasa, qué pasa, me quiero ir a casa; llorar y llorar: no me gusta el **mar**.*

Morsa escuchó su canción. Sacó su cabeza del agua y preguntó:

—¿No te gusta el **mar**?

—No, no me gusta —se lamentó Zorro. Es mejor mi casa en **tierra** firme —se quejó—. Allí hay muchos más animales que en el mar.

Morsa estaba segura de que esto no era posible. Insistía en que había muchos más animales en el mar. Zorro y Morsa comenzaron a discutir.

—¡Más en la **tierra**! —decía Zorro.

—¡Más en el mar! —decía **Morsa**.

Para demostrar que estaba en lo cierto, Morsa silbó y animales de toda clase asomaron sus cabezas en el agua. Había peces, focas, tortugas de mar, tiburones, anguilas, estrellas de mar y hasta una ballena. ¡Había suficientes animales marinos para llegar de un extremo al otro del océano, ida y vuelta!

Al ver todos esos animales, a Zorro se le ocurrió un **truco**.

Zorro hizo un **truco**.
¡El mejor de todos!

   Zorro le pidió a Morsa que pusiera a todos los animales del mar en una fila para poder contarlos. —Entonces sabremos si hay más animales en el mar que en la tierra —dijo.

Y claro, *nosotros* sabemos que no es posible contar todos los animales del océano, pero Morsa no lo sabía.

Entonces Zorro empezó a caminar sobre los animales marinos mientras contaba:

—Uno, dos, tres, cuatro,
cinco, seis, siete, ocho,
nueve, diez . . .

Zorro caminaba y contaba hasta que Morsa no lo pudo ver más. Siguió caminando y contando más. ¡Pronto regresó a casa, caminando y contando!

—Entonces —preguntó el pequeño Cangrejo—, ¿los animales de mar son más que los de tierra?

—No estoy seguro —dijo el pícaro Zorro—. Contaré a los animales de tierra y regresaré.

Y claro, nosotros sabemos que Zorro nunca regresó. ¡Pero Zorro aprendió la lección!

Zorro le pidió perdón a Águila. Le pidió perdón a Ardilla. Le pidió perdón a Oso. Y por eso todos quedaron contentos.

El fin

Las leyendas de los americanos indígenos suelen usar historias de animales para enseñar lecciones de vida y de cómo se originó el mundo. El mejor truco de Zorro fue adaptado de una leyenda innuit y aleutiana, que pasó de adultos a niños mediante la tradición oral.

Los inuits, llamados también esquimales, viven en Groenlandia, Norte de Canadá, Alaska, el mar Ártico y Siberia. A pesar de que todavía construyen iglús, hoy en día la mayoría de los inuits viven en casas.

Si te gustó *El mejor truco de Zorro,* ¡aquí encontrarás otros dos libros *Los dos leemos*™ que también disfrutarás!

A través de hermosas fotografías, este libro explora el maravilloso mundo de las mascotas, tanto de las más populares como de las menos conocidas. En él se debaten, con un lenguaje sencillo, tanto el encanto como las responsabilidades de tener una mascota. Este libro será, sin dudas, una delicia, para todos los que tengan, o hubieran querido tener alguna vez, una mascota.

Para ver todos los libros *Los dos leemos* disponibles,
sólo visita **www.webothread.com**

Un fabuloso cuento de un niño y su perro que viven
una fantástica aventura en el país de los sueños. Este
delicioso cuento contiene un texto divertido y fácil de
leer para lectores primerizos, con frases en rima, situa-
ciones muy simpáticas y familiares para los chicos.
¿Se imaginan cuántas cosas pueden ocurrir en una
cama colorada?